LE PRÊTRE D'ISIS

O U

L'ENFANCE DE TELÉMAQUE,

POEME EN TROIS CHANTS,

Par M. Bohaire-Dutheil,

ANCIEN AVOCAT, ANCIEN OFFICIER DE MONSIEUR,
PENSIONNAIRE DE S. A. R.

Ludendo, docet.

A MEAUX,

DE L'IMPRIMERIE DE DUBOIS-BERTHAULT.

1818.

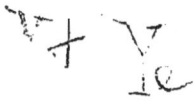

LE PRÊTRE D'ISIS,

OU

L'ENFANCE DE TÉLÉMAQUE;

CHANT PREMIER.

J'AI chanté l'Univers (1), je vais chanter l'Enfance,
Ses plaisirs innocens, et son aimable aisance :
Fénélon a donné les avis de Mentor,
Rousseau, dans son Emile, a bien plus fait encor;
Il a défini l'homme, et lui montrant le monde,
L'a conduit par la main dans sa route profonde.

    Esquissons nos portraits, en présentant nos jeux,
Pour plaire à la jeunesse il faut être joyeux;
Lançons un cerf-volant, ... fouëttons la toupie,
Ayons une raquette, et sans misantropie,
Portons sur notre dos (2) notre héros enfant,
De masques, de tambours, partout nous attifant.

    Où prendre cet amour! moderne Télémaque,
Faut-il l'aller chercher dans son île d'Ithaque?
Le faire voyager tantôt sur l'Helicon,
Dans la Thrace, ou l'Epire; ou bien vers l'Hellespont?

    O Déesses du ciel! ô vous mère des grâces,
De nos jeux enfantins, guidez toutes les traces.

    Télémaque, à six ans, étoit un vrai guerrier;
De son sabre de bois, le plus fort grenadier

Auroit craint le revers … En habit militaire,
Figurant le soldat et le factionnaire,
Il faisoit rire Ulysse et son aimable Cour ;
La chaste Pénélope, elle-même à son tour,
Se contenoit à peine en voyant notre Achille
Être, dans l'exercice, adroit, espiègle, agile : …
« La trompette et cymbale, et des sistres guerriers,
Des lances, javelots, des traits, des boucliers,
Voilà les seuls joujous que l'enfant Télémaque
Désiroit et vouloit ? … Petit démoniaque,
On le voyoit monter, courir sur des chevaux,
Et triompher souvent de ses jeunes rivaux.

La sage Pénélope en étoit enchantée,
Alors sa pétulance aisément arrêtée ;
On pouvoit le calmer dans sa vivacité
Qui signaloit toujours son amabilité ;
Il craignoit les frayeurs de son illustre mère,
Il cédoit au sang-froid du plus sensible père.

Le temps étoit venu pour détruire le frein
De l'une et l'autre crainte, et nous verrons un train
Détruisant les douceurs du jeune caractère,
De notre brave enfant … épouvanter le père …

Hé quoi ! me dira-t-on, monsieur l'auteur disert,
Irez-vous peindre un Roi comme un autre vert-vert,
Nous vous voyons courir … ; mais un illustre Prince
A dans un perroquet un modèle trop mince.

Hé pourquoi donc, messieurs, quand un Prince est enfant,
Pour flatter, direz-vous que c'est un vrai géant ?
Otez la fiction à notre poésie,
Vous ravirez sa grâce avec son harmonie ;
En dépit d'un critique, oui je conterai tout,
Je citerai les tours de mon royal bijou,

Qui pour être né Prince étoit de chère humaine,
Et coupable fort jeune en plus d'une fredaine ;
Or, respectant le rang, faut-il rompre et briser
Le burin de l'histoire ?... Et pour en imposer...

Il est vrai, le héros que j'ai pris dans l'Ithaque ;
Je le redis, souvent devient démoniaque ;
Il casse et brise tout par intrépidité,
Mais enfin, au vrai Prince, on doit la vérité...
Ainsi laissez-moi libre et chanter, ou décrire,
Puisque je vous ferai bien et gravement rire...

Or donc, vous savez ou vous ne savez pas
Que Pénélope à Sparte avoit porté ses pas ;
Icarius son père, avoit à la Princesse
Demandé ce voyage... Et rempli de tendresse
Envers sa chère fille, il vouloit que pour lui
Elle quittât l'Ithaque... En fixant son appui
Sur Ulysse son gendre, il comptoit sur leur zèle...
Cependant un beau jour, sans plainte ni querelle,
Les deux époux partis... Le bon Icarius,
D'un départ aussi brusque, assez surpris, confus,
Résolut de les suivre... Il sut bien les rejoindre,
Se bornant à prier sans nullement enjoindre ;...

Mais Ulysse surpris, raisonnoit, observoit...
Du plus sincère amour, les vœux il démontroit,
En tendre époux et gendre... Or, de Lacédémone
Il désiroit aussi de conserver le trône :
A son auguste épouse il donna donc le choix
De son père, ou de lui, pour se ranger aux loix...

La chaste Pénélope étoit embarrassée,
Et se couvrant d'un voile en son ame oppressée,
Ou pour laisser son Père, ou quitter son époux,
Elle alloit succomber pleurant à leurs genoux...

Le brave Icarius, en retenant ses larmes,
Respecta de sa fille et les vœux et les charmes …
Et plein d'enthousiasme en toute sa ferveur,
Il fit élever là, l'autel (3) à la pudeur …
Mais il voulut pour gage, aux vœux de sa tendresse,
Le jeune Télémaque, enfant de la Princesse …

Il fut donc décidé, non sans plaintes ni pleurs …
Que l'enfant, pour calmer et tristesse et douleurs,
Du tendre Icarius, … suivroit ce digne père,
Qu'il reviendroit bientôt pour rejoindre sa mère …

» Allez, mon fils, … dit-elle, … embrassez-moi, cher Fils, …
» A notre bon papa, soyez toujours soumis, …
Puissé-je vous revoir sage comme Minerve, …
» Comme vous, Pénélope, … en son ardente verve, …
S'écria le bon père appuyé de l'époux,
Son cher, son brave Ulysse (4) ; … il éloit aux genoux
De son auguste épouse et d'un amant fidèle,
Il présentoit vraiment le plus touchant modèle. …

Dès-là se séparant, pour aller retrouver,
Le trône et les sujets qu'ils vouloient conserver,
Chacun fit ses adieux, et chacun au rivage
Pour s'embarquer bientôt joignit son équipage …

C'est dans le chant suivant que vous verrez, lecteur,
Ce que fit Télémaque avec son gouverneur ;
Ce qu'il apprit aussi de certains militaires,
De folâtrer, formant leurs premières affaires.

~~~~~~

CHANT SECOND.

D'ABORD il faut citer un article important ;
Momus fut gouverneur de notre aimable enfant ,
Sous les traits d'Amenor , courtisan en Ithaque,
C'est lui qui s'empara du Prince Télémaque ;
On ne dit pas pourquoi Pallas en ce moment ,
Ne vit dans cet emploi nul inconvénient ,
Soit que pour un tel âge , il fût sans conséquence ,
Soit par un pur caprice , ou par indifférence ;
Voilà notre héros dirigé par Momus ,
Qui , comme on le sait bien , est ami de Bacchus :
   Or , ces deux Dieux unis vont faire leurs fredaines ,
Non pas une , deux , trois ,... mais douzaines ,... centaines
   Gardes , pages chéris du Prince Icarius ,
Visitent Amenor , ou si l'on veut Momus ,
Et celui-ci permet que le beau Télémaque
Se dédommage un peu du sérieux d'Ithaque ;
On fait donc connoissance à l'instant de dîner ...
   On boit , on mange bien , il faut le pardonner.
A pages d'appétit , un vin de Malvoisie (5)
Anime notre troupe avec son ambroisie ;
Chacun raisonne , ou chante , et d'un air fort joyeux ,
Excité l'un par l'autre , on se livre à des jeux :
   Un jeune et joli page embrasse Télémaque ,
Lui donnant sur la main une petite claque : ...
Cor-bleu ! lui dit ce page , il nous faut des fleurets ,
Prenons des boucliers et puis des gantelets ,
Figurons un combat , une petite armée ,
Et battons-nous au sabre , à la lance et l'épée ;

Dix mille javelots , catapulte et lévier ! ! !
On le saura , *morbleu !* si je suis un guerrier ;
Et vous , mon petit Prince , êtes-vous bien des nôtres ?...
— Oui, corbleu! j'en veux être, et battre aussi les autres...
Aussitôt dit et fait... on voit nos jeunes gens
Battre , jurer , crier , exerçant leurs talens ,
Télémaque est vainqueur , lui son petit quadrille ,...
On chante la victoire en chœur sur la flotille.

Dirigeons la jeunesse en ses amusemens ,
L'exercice surtout fait aux tempéramens
Ce que font à l'esprit , l'étude et la lecture ;
Sur ces deux grands moyens , aidons à la nature ,
Employons bien les jours ; l'ouvrage et les plaisirs ,
Disposés avec art aux heures de loisirs ,
Produiront des héros d'étude et d'exercice ,
De lettrés et guerriers , bons pour le double office. (6)
Le Prince Icarius approuvoit , admiroit
L'ardeur du petit-fils ;... il disoit , prévoyoit
Qu'il seroit un héros : mais quand en militaire ,
De battre et de jurer comme un factionnaire ,
Il étoit obstiné... pour vaincre cette ardeur,
Il hasardoit par fois un ton de sermonneur ,
Songeant à Pénélope , à cette chaste fille ,
Par sa grande sagesse , honorant sa famille ...
Sur le champ Télémaque , avec mille jurons ,
Détournoit tout l'effet de ses petits sermons...
Cependant sur la flotte étoit un Isiaque, (7)
En vénération dans notre île d'Ithaque;
Or, ce prêtre rigide avoit plus d'une fois
Censuré le héros sur ses jurons grivois ,
Mais son air martial , cet air vraiment comique,
Du guerrier de six ans , atterroit le cynique...

Corbleu ,... nom d'une Isis , et mille Jupiters,
Par Pluton , l'Achéron , le Stix et les Enfers ,
Si l'on ne me fait taire un bélitre Isiaque,
Je lui coupe la barbe et l'envoye en Ithaque...

Et les pages de rire ,... et même Icarius ,
Secrètement gagné par le très-gai Momus.

Le régent Amenor , aussi démoniaque ,
Anime le héros... On parle à Télémaque...
» Seigneur, lui dit un garde , » hé quoi! souffrirez-vous
» Qu'un sot prêtre de femme... envieux et jaloux...
» Prétendant dominer, ... en impose à votre âge,
A votre ardeur guerrière ,... à ce noble courage...

Je ne le souffre pas , répliqua le héros ,
» Dis-moi ce qu'il faut faire , et sans aucun repos ,
S'il faut combattre , ami , s'il faut de cette épée
Le punir, me croit-il une frêle poupée ?...
Que faut-il faire enfin ?... oui... ha! dis-le, mon ami,
Comment peut-on agir contre un tel ennemi ?... »
— C'est dit... coupez sa barbe... — elle sera coupée...
J'en jure par *le Stix* ... de plus par *mon épée* ...
— Fort bien... je m'en souviens... vous l'aviez déjà dit...
Sur cette barbe en tout, vengez votre crédit,
Ce prêtre vous décrie, il critique... il accuse...
Il censure son prince... il n'est donc plus d'excuse...

» Seigneur, écoutez-moi, je sais sur le vaisseau
» Un endroit écarté ; là , sur un gros faisceau
» De lances, d'étendards après Philotésie (8)
Lorsqu'il s'est bien piffré de chère et malvoisie,
De pistache et sorbet , notre Isiaque dort ,
Ronfle comme à l'office, étendu comme un mort (9)...
Votre valet de chambre, en agent très-fidèle,
Peut lui couper la barbe, et sans que sa prunelle

S'entrouve pour le voir . . . tombée en ce faisceau ,

Qui peut vous accuser ? . . . aucun sur le vaisseau ,

Ne doit-être témoin d'un délit si risible ,

L'Isiaque rasé ne sera plus visible . . .

Alors , Seigneur , alors , pouvant boire , jurer,

Ce prêtre viendra-t-il encor nous censurer ? . . .

— Va , . . . je le vois sans barbe , et j'étouffe de rire . . .

Cette vengeance est juste . . . en pourroit-on médire ? . . .

    Aussitôt au valet , qu'on appeloit *Barbier* ,

On fait connoître l'ordre, et du prince guerrier,

Il reçoit l'acolade . . . en héros magnanime ,

Lui promet un emploi de secrétaire intime . . .

S'il exécute bien l'auguste mission

Qu'il confie à sa main , à sa discrétion ,

Et d'excellens ciseaux armant l'agent fidèle ,

Il dit : » va... cours... et vole... ha ! je verrai ton zèle...

CHANT TROISIÈME.

Le joyeux Amenor, enchanté d'un projet
Qu'on devoit à sa ruse, est le premier au guet ...
On cherche l'Isiaque ... à la Philotésie,
D'oranges s'empiffrant, et de fin malvoisie,
Bientôt ce prêtre pris par sublime liqueur,
Il vole vers son gîte, imbu de la vapeur
D'un festin délicat ... et d'une main légère,
Saisissant les ciseaux, *Barbier* d'un impubère (10)
Présente le menton adroitement tondu ;
Offrant dans son aspect le velouté prévu ...

Gardes ,... page ,... Amenor fixant dans l'Isiaque
Un tel menton sans barbe, appellent Télémaque,
Le héros satisfait embrasse son barbier ,
Le couronne aussitôt de myrthe et de laurier ...

Tout-à-coup un grand bruit, les éclairs et la foudre
Epouvantent la flotte et se croyant en poudre,
Chacun pousse des cris de crainte et de frayeur ...

Lorsque l'on croit sentir une suave odeur ...
Et regardant aux cieux, certaine mélodie
Se fait entendre au loin en douce psalmodie ...
On aperçoit Isis sur un nuage d'azur ...
On respiroit déjà le parfum le plus pur.

La déesse approchant demande Télémaque,
Elle demande aussi son fidèle Isiaque,
Mais se sentant tondu, le prêtre se cachoit ;
La déesse à l'instant, sachant ce qu'il faisoit,
Donne un coup de baguette, et soudain l'Isiaque
Paroît avec sa barbe ... Or le beau Télémaque

En étoit fort surpris et même épouvanté . . .

La déesse prenant son air de majesté :

« Mon très-cher fils , dit-elle au prince Télémaque ,

» Voyez votre conduite envers mon Isiaque ,

» Le privant de sa barbe , aviez-vous oublié

Que de ce prêtre ici l'on est édifié ;

Qu'à mes autels enfin , son divin ministère

Présente un vœu sacré tenant du caractère

Du plus puissant des Dieux . . . Je pourrois vous punir ,

Vous qui coupez la barbe . . . . et là faire venir

Sur-le-champ au menton de votre beau visage . . .

Mais cette espièglerie on pardonne à votre âge ,

Et puis le Dieu Momus , sous les traits d'Amenor ,

A lancé les ciseaux . . . Un jour le bon Mentor ,

Dépeint par Fénélon et par ma sœur Minerve ,

En prodiguant les traits d'une élégante verve ,

Saura mieux diriger les leçons qu'on vous doit ;

Ce n'est point à Momus , qui toujours mange et boit

Avec trop de bombance , à guider la jeunesse

D'un héros tel que vous . . . On connoit la tendresse

Qu'à pour vous Pénélope ; elle plait dans les cieux ,

Et toutes ses vertus réunissent nos vœux . .

Voguez en paix . . . allez . . . vous reverrez l'Ithaque ,

Réconciliez-vous avec mon Isiaque . . .

Elle dit . . . et dès-lors , ses nuages aux cieux ,

Volent vers le séjour des Déesses , des Dieux .

Le Prince , encor saisi d'une telle merveille ,

Ne peut trop concevoir s'il dort , ou bien s'il veille ;

Toutefois le bon prêtre , en s'approchant de lui ,

Lui pardonne et l'embrasse . . . Or , pour chasser l'ennui

On appelle Amenor qui , comme Télémaque ,

Obtient aussi sa grâce auprès de l'Isiaque.

Amenor, ce rusé devient plus circonspect ,
Craignant encor d'Isis et les traits et l'aspect ;
Mais les pages rioient de leurs espiègleries,
Renouvelant souvent leurs folles plaisanteries . . .

Or, posés . . . plus discrets . . . au lieu de tempêter,
De jurer ou courir , de toujours résister
A de justes leçons , ils étoient plus dociles ,
Sans être moins joyeux , sans être moins agiles ;
Et la chasse es la danse , et raquette et volans ,
La paume ou le billard , et des chevaux fringans ,
Devinrent par la suite , en revoyant l'Ithaque ,
Les sujets des plaisirs , d'eux et de Télémaque ,
Ce Prince aimable et vif , bon , charmant , joyeux ,
Avec beaucoup de grâce , assistoit à leurs jeux.

Ainsi plus d'un Monarque , enfant de la sagesse ,
De leur brillante cour , animoit la tendresse ;
Tel Henri fut sans doute à l'âge de six ans ,
Oui , ce vrai diable à quatre , avec d'autres enfans ,
En son espièglerie , et lutine et joyeuse ,
Fit souvent pressentir une ardeur belliqueuse . . .
Tel fut Louis quatorze , et tel François premier,
Encor le grand Condé . . . du premier au dernier ,
Tels sont tous les Bourbons . . . l'auguste Dynastie
D'une gaie bravoure est toujours assortie . . .
Il manque un descendant d'Angoulême ou Berri,
Puissions-nous donc le voir comme un nouvel Henri ,
Prendre l'air grenadier de notre Télémaque ,
Que l'on chérissoit tant dans son île d'Ithaque . . .

Mais les fastes publics prédisent que Berri
Va nous faire présent d'un autre et jeune Henri
Qui , comme petit-fils du grand , bon Henri quatre ,
Est déjà notre Héros (11) , puisqu'il sera diable à quatre . . .

Si c'est une Princesse, hé ! nous dirons encor
Qu'il faut attendre un peu pour trouver un trésor, . . .
Les Dieux sont généreux dans leurs dons efficaces,
Avant d'avoir l'amour, Vénus donna les grâces . . .

    Mais terminons nos chants, aussi bien les Vaisseaux
Vont approcher de Sparte . . . Il n'est plus de ciseaux
Pour couper une barbe à tout autre Isiaque,
Le héros ne veut plus être démoniaque,
Il faut bien obéir à la déesse Isis,
Savoir mieux diriger et les jeux et les ris ;
Laissons à Fénélon ces soins . . . cette sagesse . . .
Lecteurs, ayez recours à toute sa justesse . . .
Lisez son Télémaque . . . Ah ! vous l'avez bien lu . . .
Qui ne le connoit pas ? . . . Oui, l'univers l'a vu,
Les Princes, les bourgeois, . . . tous savent cette histoire.
Dite en superbe prose au temple de mémoire . . .

NOTES.

(1) V OYEZ mon Poëme *des Mondes de Fontenelle*, qu'un feuilliste bon plaisant, a mis *au-dessous de la médiocrité*, et dont j'ai placé la spirituelle observation *au-dessus de l'absurdité*;... car de nos jours, combien de fois n'avons-nous pas vu la récrimination être plus sensée que l'accusation principale? lorsque celle-ci s'est trouvée être si souvent l'ouvrage des imbéciles... ou des fripons... ou des hommes de sang...

(2) Ressouvenons-nous de l'anecdote de Henri IV.

(3) Pénélope ne répondant rien aux instances de son père, elle baissa les yeux et se couvrit d'un voile... Icarius n'insista plus, la laissa partir et fit dresser, en cet endroit même, un autel à la pudeur. *Voyez Pausan. in lac.*

(4) Il est différentes versions sur les vices et qualités d'Ulysse.

(5) *Malvasia*, ville située dans la Morée, connue par ses excellens vins, dits de Malvoisie, près de *Misitra*, autrefois *Sparte*, ou *Lacédémone*.

(6) L'exercice, sur-tout dans l'enfance, me paroit encore plus nécessaire que l'étude. Voyez l'Emile de J.-J. R.

(7) *Isiaque*, on appeloit ainsi les prêtres d'Isis; on prétend néanmoins qu'ils se rasoient la tête, mais en étoit-il de même du menton? on ne le pense pas; et moi je suppose en tout événement la négative, je crois me rappeler avoir vu de grandes barbes à ces prêtres dans les Mystères d'Isis à l'Opéra; au surplus, il pouvoit exister et il existoit sans doute des prêtres de différentes espèces pour le service des temples de la Déesse, qui comme on l'a vu et comme on le voit de nos jours, en plusieurs autres sectes, ou dans la même, sont tondus ou rasés, tandis que d'autres prêtres conservent tout ou partie de leurs cheveux ou de leurs barbes; tant il y a enfin, que l'Isiaque, dont il est question dans notre véritable Histoire ou Poëme, a eu bien certainement la barbe coupée, et remise ensuite avec le seul coup de baguette de la Déesse Isis...

(8) *Philotésie*, c'est ainsi qu'on nommoit une cérémonie des Grecs, qui se célébroit en buvant à la santé des uns et des autres.

(9) On entend aussi par office, les chants et cérémonies des prêtres, dans les temples d'Isis.

(10) *Impubère*. Allusion aux adolescens, dont la barbe est à croître.

(11) Il dépend du caprice d'un Poëte, d'aspirer ou de ne point aspirer l'*h* de certains mots, cela devant dépendre de la bonté ou du vice de l'oreille, en un article de cette *importance*...

MÉLANGES.

ON nous dira : » voilà encore un petit Poëme, un petit Conte pour l'éducation de la jeunesse... Et pourquoi pas? ... doit-on se rebuter de marcher sur les traces des Fénélon,... des J.-J. Rousseau, etc?...

J'avois promis d'ailleurs une réponse à certaine capucinade intitulée *Confession*, capucinade que j'ai eu le courage de lire avec réflexion, et j'ai remarqué qu'il n'est pas une seule imposture de cette grossière production, qui ne se trouve parfaitement réfutée dans les notes à la suite de mon *Souper du Président.**** Cependant voici une raison nouvelle ; nos très-jeunes capucins avancent que je me suis présenté à l'académie, dont ils supposent cette réponse : » *on n'admet point un sot*... Voilà pour le coup un jugement *ultra petita* ; il n'est personne qui, à cet égard, ne sache à quoi s'en tenir, un membre de l'académie n'oseroit pas lui-même hasarder une telle *monstruosité* ; il eut été bien plus spirituel de leur part de présager que je serois infailliblement reçu à l'académie en ma qualité de *sot*, qualité qui me procure déjà l'honneur d'être le plus ancien confrère de ces grands messieurs, auxquels il faut tout apprendre, du moins rappeler tout... Par exemple les anecdotes : » On dit qu'il ne sait pas lire, Sire, cela est vraisemblable, etc... Pour le Comte de Bissy... *Est-ce qu'ils le recevront?*... Pour l'abbé Testu, etc...

Etant jeune avocat, un certain praticien de petite ville, crut me bien molester en me faisant donner dans un exploit cette qualité: » Le sieur *Boh.*, *maître garçon écriturier*,... mais l'aigle *Voltaire* se fâchoit-il des lazzis extrêmement gras de sa vieille cuisinière ?... N'a-t-il pas eu des Freron, des Geoffroy, et tant d'autres zoiles prolétaires ou nobles... Et moi qui ne suis rien en comparaison du grand homme, ne dédaignant pas même de se donner le nom de *ragotin*,... j'oserois être plus difficile... Non, j'espère que mes antagonistes, feuillistes, *gilnet*, et autres capucins ne conserveront pas plus de rancune contre moi, que je n'en ai contre eux-mêmes ; nous avons de grands exemples, les Boileau, les Perreau, etc... Tous les jours, avec une peu de bonne foi, on est obligé de rendre hommage à certaines belles qualités, des rivaux les plus opiniâtres...

Aussi, je vois toujours avec peine une sorte de zizanie entre les corps les plus respectables de l'Etat, sans doute les juges tiennent leur place du Roi, disons mieux, de Dieu lui-même, *non enim hominis*, etc... Mais ce ne seroit pas une raison pour s'arroger de décider qu'un baton n'a pas deux bouts, ou que deux et deux ne font pas quatre, mais cinq, ou qu'il faut allumer trente-six bougies pour décider d'un jeu de deux centimes...

Il faut bien éviter d'abuser des lois, en mille occurrences, ce qu'elles défendent, peut être permis ; si la loi me défend de travailler le dimanche, est-ce une raison par exemple pour ne pas aider à éteindre un incendie?... Quand au Peuple, elle lui défend de boire au cabaret pendant l'office ; mais si un citoyen tombe en défaillance, et qu'un verre de liqueur lui soit nécessaire,... c'est donc alors au fait, et non à la loi, qu'il faut s'en rapporter... Cependant des Légistes, d'ailleurs encore très-recommandables, confondent... Sur-tout pour les petites villes, on diroit que des chefs sont par fois abonnés avec les grandes, au profit de leurs restaurateurs, ou des gens d'affaires ; souvent ce sera aussi par ostentation, parce qu'on aura une espèce de jouissance à gourmander un négociant, un ancien militaire... Voilà les abus qu'un véritable ami doit signaler pour la gloire des légistes eux-mêmes,... si toute fois ils existoient, ce que nous ne croyons pas...

Il en sera de même encore si je n'ai fait que riposter à une calomnie par une vérité notoire... Si je prouve qu'on a spolié à mon préjudice, une succession, une entreprise, une maison, etc., si je prouve que le spoliateur étoit un débauché, en *déconfiture*, que lui, ses complices ou adhérens soient aussi des insensés, qu'on ait été forcé d'enfermer en des maisons de santé, si mon intérêt est de faire connoître certaines prévarications dans l'ordre judiciaire, est-il une véritable justice qui puisse se croire autorisée en vertu d'un pouvoir discrétionnaire, de supprimer ou de brûler ma défense?...

Allons plus loin ; supposons un calomniateur, une diatribe, un crâne... Pourroit-on confondre un étourdi avec un voleur, si des lois qui peuvent encore être très-jeunes et susceptibles de changemens, si ces lois, disons-nous, devoient occasionner telle interprétation, ne faudroit-il pas plutôt penser à les réformer que se disputer, pour éviter de profaner les demeures de certains citoyens qui peuvent être d'ailleurs recommandables aussi...

Un jour, il m'est arrivé de sauver un citoyen, père de famille, pour ainsi dire des galères, et cela avec la seule citation de l'anecdote de Lycurgue, dont l'œil, comme l'on sait, ayant été crevé, perdu par le coup d'un furieux, loin de provoquer sa vengeance avec le désir et le pouvoir même du peuple de Lacédémone, excita au contraire sa clémence et sa bienveillance, jusqu'au point de forcer le coupable, qu'il traitoit bien chez lui, à dire : » *S'il m'eut fait mourir, je n'aurois souffert qu'un* » *instant, au lieu que je souffre tous les jours et à tous momens, en ne* » *cessant d'apercevoir la trace de mon crime...*

Or, mon citoyen, père de famille, avoit eu aussi le malheur de frapper et blesser un agent militaire... Ayant été absous, et lorsqu'il alla faire ses remercîmens aux juges, l'un d'eux lui recommanda de me remercier de même, ce qu'il fit avec beaucoup de zèle... Comment un Lycurgue, qui n'étoit pas seulement un juriste, mais un législateur, pardonna un fait aussi grave, et un simple légiste feroit un tapage épouvantable pour une modique, ou si l'on veut une assez grave injure !!!...

Un mandat d'amener, diroit-on encore, n'est pas un jugement, ce seroit donc à dire que c'est un mandat aussi sans jugement, alors sans doute il faudroit s'étonner de pouvoir être expatrié sans jugement, lorsqu'il nous seroit si facile de bien réfléchir et de bien juger, avant de faire voyager et incarcérer... Hé mon Dieu ! la paix... Je vois avec douleur, je le répète, que dans les corps les plus respectables, il s'introduit parfois des systèmes dangereux qui pourroient devenir funestes à leurs auteurs eux-mêmes.....

Que des légistes ambitieux veuillent quelquefois se donner des airs de potentats, avoir des officiers, des baïonnettes, une suite, une espèce de cour.... Mais le maçon expert, ou même le juré qui décide une question, ont-ils donc cet appareil formidable ?... Ils n'ont pas moins de considération... C'est l'honneur, ce n'est pas la place qui fait respecter...

J'aime à croire qu'une cour bienfaisante et conciliatoire,... qu'un système d'arbitrage savamment ordonné, nous rameneroient une infinité de citoyens magnifiques, à cette heureuse simplicité de nos ancêtres, à cette paix chérie dont nous commençons à sentir les douceurs ; je le redis par exemple encore à regret à nos illustres alliés : oui, le père Joseph ne leur auroit pas passé des indemnités sous le nom de conventions, d'engagemens particuliers, pour un procès qu'ils ont si bien gagné, et avec tant de profit ; sans doute nos illustres ministres auront fait tout ce qu'il étoit possible de faire pour sauver ces indemnités alléguées, alors nos alliés les auroient sur leur conscience... S'ils ne nous en tenoient pas compte, d'une manière quelconque, cela pourroit devenir d'une conséquence dangereuse... Je suis bien éloigné de le souhaiter, je suis bien éloigné de vouloir rien avancer qui puisse contribuer à troubler la paix... Cependant ce que nous avons fait, une autre puissance ne pourroit-elle pas le faire ? on a vu jusqu'à quel but formidable nos forces ont été poussées, au point qu'il a fallu une puissance divine pour nous geler,... anéantir nos bras et nos armes !... Et de plus, on a été forcé d'être quarante contre un, ... pour nous dompter... Il est donc bien essentiel que l'on profite de notre disgrâce, et qu'une autre puissance ne risque point de s'y exposer aussi...

Par exemple encore, que ne pourroit-on pas opposer à cette brave *Albion*, si, marchant sur nos traces, elle vouloit ce que bien surement elle ne veut pas et ne peut vouloir, c'est-à-dire, dominer l'Europe... Comment, diroient des mauvais plaisans, cette Angleterre qui n'est qu'un chicot du Continent, ... une éclaboussure de l'Océan, ... elle veut aussi gouverner à elle seule toute l'Europe... Encore passe pour la France, l'Allemagne, l'Espagne et la Russie... Mais un *chicot*, une *éclaboussure*... » C'est le petit moineau, diroit encore Helvétius, qui veut voler avec des ailes d'aigle... Nous l'avons dit aussi, tel seroit le langage de mauvais plaisans; or les gens sensés, en convenant des moyens immenses du vaillant Anglais et sur mer et sur terre, ne demandent que la paix,... la paix,... l'égalité... C'est le vœu de toute l'Europe et de tous ses magnifiques Souverains; on est sur déjà qu'un célèbre Congrès n'aura pour but que cette glorieuse destination.

Du reste, nous devons bien réfléchir sur nos idées constitutionnelles, et ne pas les confondre avec celles *démagogiques*; or, le véritable ami ne flatte point, quand il ne peut faire autrement, il jette les tablettes au nez et s'écrie : » *Retire-toi, bourreau*... Il déchire une promesse,... en souhaitant être le seul fou en France... Il fait remarquer à son voisin : » voyez comme il pleure,... le tigre,... etc....

Certes, des exemples d'une telle énergie, ou audace, doivent être extrêmement rares, nous en sommes convenus dans nos précédens ouvrages; il est bien surement d'autres moyens pour remettre un souverain dans la bonne voie... Mais il faut être assez courageux pour risquer les premiers, quand il s'agit du bien, de la gloire de la patrie, et du Monarque lui-même...

Si l'académie avoit déchiré l'ordre de refuser Piron, pour quelques vers licencieux, ordre émané d'un souverain qui lui-même, contre le vœu de son auguste famille, et par mauvais conseils, s'est depuis engoué de la Dubarry... Piron eut été académicien, et l'académie eut ajouté aux motifs qui doivent lui conserver toute la considération due à un établissement si glorieux pour l'Etat, et qui n'a de splendeur que par celle que lui réfléchissent les véritables poëtes et littérateurs...

Continuons... Un despote, barbare des grandes Indes, faisoit un jour clouer sur la tête le chapeau de tout Ambassadeur qui ne l'otoit pas en sa présence... Un seul fut assez hardi pour ne point le retirer, afin de défendre l'honneur de son maître... Les courtisans de fixer le souverain barbare... Mais celui-ci de leur demander avec beaucoup de sang-froid : » qui de vous en feroit autant... risqueroit sa vie... pour mon service?... Les tribunaux ont-ils intenté un procès à l'évêque Lingendes, pour son sermon énergique au centre de la cour?... En ont-ils intenté contre le fameux *tu es ille vir* du père Lachaise?... Au contraire, le Roi leur a donné un célèbre et glorieux exemple, en s'écriant : » Il a fait son devoir,... faisons le nôtre...

Louis XII vouloit qu'on put reprendre les vices sans aucune distinction de personnes, afin que la vérité put aller jusqu'à lui...

Enfin, l'érudit assez malheureux pour ne point aimer les vers, pour donner à lire en pénitence des *Athalie*,... etc... Leur préférer une preuve mathématique... Cet érudit, ou plutôt ladre, on l'a dit souvent, est plus à plaindre qu'à blâmer... C'est qu'il n'a pas d'ame,... ou qu'il a un sens de moins... — Il ne faut donc pas toujours s'arrêter à certains jugemens du Public, des comédiens et des lettrés eux-mêmes, il faut se ressouvenir de l'extase de ce bon et gros commis marchand au parterre, répétant avec enthousiasme ce vers qu'il croyoit avoir entendu : » *Enterrer des mortels, ressusciter des Dieux*... — Il ne devroit pas être toujours nécessaire qu'une tragédie ou une comédie fut jouée pour faire fortune... lorsqu'on réfléchit sur le hasard des jugemens en cette matière...

Revenons aux affaires et remontrances hardies... audacieuses même... Ne faut-il pas agir comme Auguste, comme Henri IV, le grand Frédéric, etc... Au lieu de se fâcher, il faut se remettre dans la bonne voie... Ces souverains eux-mêmes nous en ont donné l'exemple... A l'égard des autres, il faut dire comme Beaumarchais : — » *Faquin, souffres la vérité, puisque tu n'as pas le moyen de payer un flatteur*... A cet effet, je voudrois aussi une sorte de fenille libre, royaliste et populaire, toujours suivant la charte ; au lieu de *Mercure*, de *Minerve*, je lui donnerois le nom de *Diable à quatre*, parce qu'elle auroit pour principal but de ramener tout aux principes sacrés de ce grand, de ce bon Roi Henri IV, et de l'illustre dynastie régnante par son auguste chef ; elle ne paroitroit que six à sept fois par an, et elle compteroit parmi ses collaborateurs, des

Princes, des Ducs et Pairs, des Généraux, et nos premiers gens de
lettres; Académiciens ou non Académiciens, je crois qu'une pareille feuille
opéreroit un grand bien dans l'Etat, en citant et frondant tous les abus,
et cela aussi d'après le système de Louis XII. Si j'osois, je me présenterois
même pour être au nombre des honorables collaborateurs et *ventre-singris*,
je ne serois pas un des moins véridiques et des moins énergiques...

Et pour en revenir aux procès, je suis comme bien d'autres, l'ordre
judiciaire m'a quelquefois fait tant de mal, avec l'aide des intrigans, que
je ne puis en dire autant de bien que je le désirerois; d'un autre côté, il
m'a été souvent si favorable, que je ne puis me résoudre à en dire trop
de mal...

Et puis, en tout événement, ce sera encore comme Crispin, il faut
éviter une *volée*, de crainte d'être obligé de riposter par une *rinsée*...
Il m'est arrivé d'entendre opposer cette maxime, bien que toute populaire
à certain abbé. — Cela nous fit bien rire...

Quand à l'ordre judiciaire, pour parler encore comme Figaro, combien
voyons-nous de doubles, de triples mains,... de bride-oisons, oser citer
leur honneur,.... attaquer jusqu'au mérite qui se plait à donner non
seulement des deux mains, mais encore à employer celles des autres pour
distribuer des bienfaits;... et de tout cela ne tirer pour reconnoissance
que des rires inextinguibles,... des mauvaises plaisanteries... Il est des
personnages qui sont tellement insensés, qu'ils ne peuvent concevoir
qu'un ridicule donné par un rire sardonique,.... ou aux éclats,.... est la
plus noire méchanceté... Que c'est un véritable coup de stilet,.... de
poignard,....quand ce ridicule est par la cabale, propagé en quelque
sorte de bouche en bouche,.... c'est-à-dire souvent de sots en sots;... le
ridicule enfin est l'arme des méchans...

Oui sans doute, en ma qualité d'auteur, je les ai démasqué plus d'une
fois, ces véritables crocodiles,... mais quand il m'est arrivé de leur voir
jeter la peau du loup, pour se parer des plumes du pélican,.... j'ai été le
premier à chanter leurs louanges... Or, que faut-il conclure de tout cela ?
c'est que d'abord, loin de se fâcher, on doit toujours se remettre dans la
bonne voie;... c'est qu'au lieu de tirer,.... de laisser tirer le coup de
mousquet,.... il faut encore s'écrier, comme Louis XIV : » *Il a fait son
devoir*,....*faisons le nôtre*...

P. S. Quand aux *volée* et *rinsée* du petit abbé précité, il est même
des *Samsons* modernes, ou polis, ou grossiers qui ne veulent pas ré-

fléchir qu'avec deux dez, savoir l'un plein de poussière et l'autre de
gravier noir, on en imposeroit aux plus hardis forts de la Halle...
. Il est certain d'ailleurs que nous avons besoin d'une révision bien ré-
fléchie pour nos lois, ne perdons pas de vue les circonstances; d'un côté
voyons certains juristes avides, ambitieux qui se sont constitués vrais
faiseurs de lois, de l'autre, ces prolétaires, ces négocians, ces cultiva-
teurs, gens de métiers, etc.... n'oublions pas non plus mon ancien
quatrain, le voici :

» Que faites-vous ici, vous qui fûtes légiste?
» A certain avocat, disoit un nouvelliste;
» Ce que je fais, monsieur, parbleu je fends du bois,
» Jaquot, hors de son port, ne fait-il pas des lois?....

En police correctionnelle sur-tout, on a outré sur les foiblesses de
l'humanité, il faudroit être un ange pour ne pas être exposé à la férule
de certains vrais pédans... Est-il possible que l'homme, que le citoyen
payeur, s'impose de telles entraves?... Je portois un fusil... je chas-
sois... A présent... n'est-ce pas un véritable impôt, que la demande
du port d'armes?... et dès là une sorte de dérision à la liberté?... cette
liberté, sur-tout celle de la presse, au lieu de détruire les occasions de
chicanne, ne donne-t-elle pas trop souvent lieu aux procès, aux amendes
considérables... à de longs emprisonnemens toujours injurieux pour le
citoyen *payeur*. Ne va-t-on pas d'extrême en extrême?. et si vous vous
plaignez de certaine administration judiciaire, quoiqu'elle ne puisse être
juge et partie pour ses intérêts personnels, par une contradiction bien
plus grave, peut-elle, doit-elle l'être, lorsqu'il s'agit d'injures qui lui
sont aussi personnelles?... n'est-ce pas encore l'extrême?... Dès-là n'est-ce
pas aussi cette funeste facilité au vrai pédant de satisfaire ses passions,...
d'aigrir, au lieu de pardonner comme Lycurgue... et tout cela souvent
non pas pour un œil perdu, mais pour des mots... pour trancher du
capable... du vrai potentat?.. ô misère de l'humanité... ô pudeur!..
jusqu'à quand le citoyen qui paye, sera-t-il l'esclave ou la victime de
celui qu'il nourrit.

Encore une fois réformons les abus... malheureux... misérables que
nous sommes... Ne nous rappellerons-nous donc jamais qu'à l'instant
même du triomphe.... un bouffon... un *grimacier*... un mime...
étaient placés auprès des Scipions... des Camilles... et de tous autres
qui recevoient les honneurs de ce triomphe, pour les molester... les
insulter...

Le gouvernement voulant leur faire entendre par cette sage mesure, qu'ils eussent à se défier de leur amour-propre... de leur *gloriôle*... pour se conserver humbles, ou modestes, au centre même de leurs grandeurs... de leur *triomphe*....

Je termine par recommander l'établissement ou formation d'une feuille libre et nouvelle, à *l'instar* de l'ancien Mercure et de la Minerve, laquelle feuille aura pour nom le *Diable à quatre*; envain critiqueroit-on mon ambition de travailler avec les grands... les Princes... les pairs, etc... J'ai souvent observé que les muses étaient en possession de correspondre avec les substances célestes, on l'a dit d'ailleurs avant moi et pour ceux de même argile que moi. — » Les poëtes, les auteurs « zélés et énergiques. n'ont point d'ancêtres, ils ressemblent aux Dieux » dont l'origine divine s'annonce par leurs ouvrages...

LETTRE AU ROI.

Sire,

En ma qualité d'ancien officier de la chambre de S. A. R. Monsieur, je me suis adressé dans le temps au chevalier G***, en activité de service, mon ancienne connoissance de cour, pour présenter mon poëme *des Mondes de Fontenelle*, à S. A. R. Monseigneur le duc de Berry, et cela dans l'intention de le dédier au Prince; il aura fallu remettre ma pétition à un premier gentilhomme; or, dans ce siècle sur-tout, où ces messieurs nos illustres aînés, savent lire et toujours combattre avec succès, avec gloire, j'avais l'espérance de réussir, je n'ai pas reçu de réponse.....

C'est dans une pareille occurrence, que désirant être plus heureux, je crois plutôt aussi m'adresser à Dieu qu'à ses Saints; il s'agit de mon nouveau petit poëme ci-joint, intitulé *le Prêtre d'Isis: ou l'enfance de Télémaque*, que je désire aussi dédier à S. A. R. madame la duchesse de Berry, toutefois avec l'agrément de V. M. Je la supplie donc de me faire honorer d'une réponse favorable. — J'attendrai huit ou dix jours pour cette réponse; passé ce délai, ou un autre s'il m'est fixé, j'irai en avant, aussi, bien entendu, sous le bon plaisir de V. M.; pour la distribution de l'opuscule que j'ai l'honneur de joindre à la présente. — Je suis avec le plus profond respect, etc...

P. S. On sait bien qu'un *malheureux feuilliste* s'est élevé aussi dans les temps, contre mon poëme des *Mondes de Fontenelle*, mais il suffira de jeter un coup d'œil sur les notes de ma satire du *Frondeur*, pour se persuader que j'ai rossé complettement l'insolent, sot et grossier folliculaire....

J'ai détaillé dans ma lettre plusieurs raisons pour croire qu'il existe quelque petite cabale contre moi, relativement à l'acquisition d'un bien national, mais comme j'en ai parlé dans mes précédens ouvrages, je ne me répéterai point, avec d'autant plus de raison, que mes adversaires eux-mêmes, ou leurs proches parens, ont fait de pareilles acquisitions... qu'enfin la Charte est là,....

Du reste, je n'ai pas plus reçu de réponse que pour mon poëme des *Mondes de Fontenelle*, cependant le Roi fait répondre... on sait que j'en ai la preuve....Pour moi-même, j'aurais été d'autant plus flatté de cette réponse, que je voulois donner une suite importante à mon projet d'espèce de feuille libre, dont j'ai parlé, laquelle auroit pour titre : *le Diable à quatre*, ou *la Poule au Pot*, cette dernière idée toute populaire qu'elle soit, n'est pas moins devenue magnifique et vraiment royale, comme l'a dit un célèbre biographe, ce qu'on ne peut trop répéter...

Enfin tout récemment, conférant avec un lettré aussi d'ancienne connoissance, je m'avisai tout-à-coup de lui demander son opinion sur tout ceci... Il est parti d'un éclat de rire... Or moi, toujours grave et gai, de hausser les épaules... mais d'une force... d'une force tellement ostencible, que l'érudit antagoniste est resté convaincu que pour ne pas être aussi bruyant que son éclat, mon geste n'étoit pas moins caustique... Cette petite scène nous amena naturellement, mais avec plus de politesse et d'aménité, à une discussion bénévole dont un lecteur adroit et juste, ne manquera pas de deviner ou pressentir les résultats favorables à ma cause... Résultats que j'aurai peut-être occasion de publier quelque jour... afin de pouvoir se ranger d'un parti, ou d'un autre, ou de les prendre tous deux, puisqu'il n'est pas impossible, tout à la fois de rire et de hausser les épaules... Il s'est passé une scène à peu près pareille, mais d'un autre genre, entre Diderot et Grimm, là il y avoit rire et désolation... Ici il n'y a ni *désolation*, ni *abomination*... Je renvoie au surplus, à cet égard, aux mémoires et correspondances de madame d'Epinay, tome 2. pag. 254.

Finissons par la citation d'une espèce d'Iroquois, qui a la manie de prendre les deux qualités de Grec et de Romain.... On lui refuse absolument la première....

EPIGRAMME.

Un jour loin de la Grèce,
Et près de la Gallevése,
A certain bal, on parloit d'un Briard,
Se faisant appeler Aristote et César;
Mais en lisant un chapitre
Sur le Gille ou Belître,
On découvrit tout net
Que son vrai non étoit « Monsieur de Bénezet.

J'aurois encore bien à citer... 1.º notre petit abbé qui devient si fou et femelle si poissarde, que bien que noyé, dit-on, il veut jeter à l'eau les muses du département... 2.º Daubigné, recevant une récompense en peinture et nous aussi, une bienveillance en bronze... 3.º l'enfant gâté *Baour*, (*) pour sa Jérusalem délivrée... nos aînés aussi un peu gâtés... quoique sortant d'un bon quartier de réserve... mais la paix... Au lieu de la *peinture* et du *bronze*, appliquons-nous au réel de *la Poule au Pot*... Encore une fois ce seroit le but de notre feuille libre du *Diable à quatre*... Oubli... Fraternité... La paix...

(*) *Voyez sur Baour, ma satire en faveur de l'Homme, page* 15, *et pour la récompense en peinture, voyez la page* 4 *des notes qui précèdent mes variétés, imprimés en* 1809; *il s'agissoit du portrait du bon, du grand Roi.*

ERRATA.

PROJETS *de lois.* — Page 12. — Lizez Paracelse. — Page 14. — Au lieu d'autres raisons, — lisez — des raisons.